學校怪談①

來見老師的幽靈

學校怪談編輯委員會 編著
前嶋昭人 插畫

目錄

你胡說！
你自己才抖個不停呢！

鬼壓身通訊報

VOL. 1

日本民間故事會
學校怪談
編輯委員會
發行

不曾有過鬼壓身經驗的人，這些故事保證讓你心驚膽跳、不寒而慄!?

這次收集的是來自讀者們的鬼壓身親身經驗談！

好夢正甜時突然全身無法動彈……這種故事已經不稀奇了。本期內容比這個更勁爆，也就是發生令人震驚的事情，然後突．然．就……！趕緊來看看究竟是受到哪些驚嚇而發生的鬼壓身體驗談吧。

☆一年前，我和表哥及表弟一起去露營。露營場就在奧多摩附近。第一天晚上我們玩了試膽遊戲和鬼故事接龍。講鬼故事時並沒有任何異狀，但是結束後表弟卻昏倒了。我嚇了一跳想站起來，身體卻動彈不得。我往旁邊一瞄，看見一個拿著鈴鐺的老婆婆。等老婆婆消失後，我的身體就恢復自由了。回家當天，我和表弟都稱呼那位老婆婆是「鬼壓身婆婆」。（東京都調布市　T．M　10歲　男生）

☆有天晚上我醒過來，發現自己的牙齒掉了。原本應該好好的牙齒竟然掉了。我想出聲叫媽媽，卻發生了鬼壓身，也發不出聲音來。等身體再度能動之後，媽

媽聽見我的聲音來看看我，這時才發現我的牙齒根本就沒掉。（埼玉縣和光市　H．T　11歲　男生）

☆那一天放學後回到家時，因爲家裡沒有人，覺得無聊跑去小睡一下，幾小時後醒來，看見我家鳥類標本的眼睛竟然動了起來，當下我就被鬼壓身無法動彈，等我爸爸到家時，鬼壓身才消失。我跟爸爸說了這件事，但他不相信。從此以後我就盡量避免一個人看家。（沖繩縣那霸市　Y．M　11歲　男生）

☆我們學校旁邊的那座山，曾經供奉許多死於戰爭的人。有一次，我聽見「救命啊——」的聲音，沒想到五分鐘後我竟然就發生了鬼壓身！（廣島縣竹原町　M．M　9歲　男生）

☆四年級時參加暑期露營活動，在活動場地靠近出口處有間廁所，我經過時偷偷瞄了一下，竟然看見鏡子裡浮現出一張女生的臉。我跟同營的夥伴講了這件事，當天晚上就發生了鬼壓身。隔天才知道，原來學校以前曾經是個墳場。（兵庫縣神崎郡　T．R　10歲）

☆參加夏令營時，聽聞這裡一到晚上寢室隔壁的圓窗上會出現女人的臉、屋子正中央會出現繪馬（※）之

僵住不動
每、每次考試時我總是
莫名其妙
陷入鬼壓身的狀態……

沛沛的鬼話連篇

嗨，大家好！My name is 沛沛。什麼，你知道我是誰？哎呀，那麼你一定是《學校怪談》的超級粉絲。當然啦，還不認識我的人也歡迎你加入。這一期的報導是鬼壓身特集，嘿嘿，很刺激吧。

類的傳說，由於我的床靠窗邊，於是拜託隔壁床的同學跟我換位置。睡覺時我還是害怕得不敢看拉上窗簾的那扇窗，結果當天晚上就發生了鬼壓床……（埼玉縣入間郡　N．M　12歲　男生）

※譯註：繪馬是參拜神社時用來書寫願望的小本板。

☆我和朋友去上廁所，發現第一間廁所沾有血跡。突然有個白影從裡面冒出來，瞬間我的身體就僵住動彈不了了。聽說第一間廁所以前是個水井，曾經有女人和小孩跌了進去。（岡山縣高粱市　I．R　10歲　女生）

☆在我回家的路上，遠處有個人一直盯著我看。我整個人好像被對方的雙眼攝住般，剎那間就發生了鬼壓身。我從來不曾有過這樣的經驗。（埼玉縣北葛飾郡

K．T　9歲　男生）

☆我的好友小E午休時間去圖書館看這類書籍時，明明四周沒人，書卻自己掉下來，同時還發生了鬼壓身，有一分鐘左右身體動彈不得。

還有一次，我和朋友小A去上廁所時，明明沒聽見腳步聲，卻一直有人敲門，我非常害怕，瞬間身體也僵住動彈不得。（香川縣高松市　K．E　9歲　女生）

急什麼急啊!!我才剛進來耶!!
真是的～
有點耐性好嗎!!
叩叩叩
像這樣做
就絕不會
遇到鬼壓身了

小龍的休息室 看完驚悚恐怖的經驗談後，讓人稍微喘口氣的專欄新登場！

第1章 小龍清醒了

登登——！小龍我終於有機會在各位面前現身啦。很久以前我還在阿他加馬沙漠（※①）挖鐵礦時，突然靈魂出竅（※②），等我醒來時，已經在「學校怪談」編輯部裡了（好悲慘的經驗哪，嗚嗚）。待續。

冥界

迷失在冥界的小龍

※① 南美安地斯山脈西側的沙漠。三年前小龍就是來這裡挖鐵礦的。

※② 靈魂脫離人體後迷失在冥界（淚）。

☆我很想知道廁所鬼太郎是否眞的存在，所以往廁所裡大喊：「太郎，請現身吧！」
沒想到才喊完，廁所門就關了起來，而且還有馬桶沖水聲，當場我就因為鬼壓身動不了了。（長野縣松本市 N・Y 8歲 男生）

☆我在體育館正中央處大喊：「花子」，馬上就被鬼壓身、全身不能動了。（北海道函館市 G・T 9歲 男生）

☆我看到飛碟的當下就被鬼壓身，等飛碟消失後，身體才又能動。太可怕了，今後再也不敢看飛碟了！（長崎縣長崎市 M・Y 10歲 男生）

☆晚上睡覺時，突然看見床的上方出現穿白衣的女人，我嚇得立刻閉上眼睛，剎那間就發生了鬼壓床。（栃木縣鹽谷郡 I・E 11歲 女生）

KI〜N
就算會被鬼壓身也沒關係
我就是想看飛碟呀〜?!!

☆晚上睡覺時，奶奶過世前送給媽媽的娃娃竟變成一個女生，在我頭頂上不停的轉呀轉，鬼壓床讓我動不

幸子啊，是妳偷吃了我的地瓜羊羹吧。
嘮嘮叨叨
還有去年夏天，我最喜歡的泡芙也是妳偷吃掉的吧？
爺爺啊，您快點投胎去吧……
被發現了……
BONY

了，沒多久就昏過去了。等我醒來，發現自己就倒臥在那個娃娃面前。（福岡縣北九州市 O·E 13歲 女生）

☆我家就只有一台電視機，卻忽然變成了兩台，畫面中出現一直很疼我的爺爺就站在網球場上，剎那間我的身體突然動彈不得。隔天我才知道爺爺過世了。這是眞實的事情。（東京都府中市 S·Y 12歲 女生）

睡覺時突然被鬼壓床，耳朵還能聽見奇怪的聲音。這究竟是怎麼回事？

☆這是我媽媽去鄉下玩時發生的事情。晚上我媽媽睡不著，隱約聽到了音樂聲，結果就發生鬼壓床了。（埼玉縣三鄉市　Y．T　10歲　男生）

☆我家附近有個墳墓。某個半夜大概是兩點左右，我沒辦法入睡，剎那間發現自己發生了鬼壓身，而且還聽見有人上樓的腳步聲，樓下的砧板也有正在切著什麼東西的咚咚聲，但那時應該沒人才對啊，嚇得我趕緊閉上眼睛。隔天早上我看見樓梯上每一階都有像是水滴的東西，當場又被嚇得臉色發白。（山口縣下關市　小學四年級　男生）

☆這是眞實發生過的事情。二年級時，我參加了學校營養午餐製作的參觀活動。當時大家都繼續往前參觀，只有我中途跑去上廁所。後來我很快就出來，經過體育館時，聽見似乎有很多人在裡面玩球的聲音及腳步聲，我以爲大家都跑進體育館了，進去才發現根本沒有人。當場我就發生了鬼壓身動彈不得，這個情形大概持續了三十秒，而且那個聲音越來越大，一直朝我過來。我嚇得冷汗直流，好不容易鬼壓身解除了，我才一邊尖叫一邊逃離現場。我覺得那一定是阿飄搞的鬼。（石川縣金澤市　T．T　10歲　男生）

☆我奶奶曾經有鬼壓床的經驗，當時她聽見一直有人在敲著窗戶，還有人的聲音。（山形縣長井市　K．M　10歲　女生）

☆我奶奶家裡有日本娃娃和法國娃娃。我去奶奶家過夜時發生了鬼壓床，也聽到放置法國娃娃的房間裡傳出了喀答喀答的腳步聲。（愛媛縣新居濱市　T．Y　9歲　女生）

☆我偶爾會發生鬼壓床，還能聽到人的聲音並感覺到有人在耳旁呼氣，而且每次鬼壓床消失的時間大概都

是在凌晨兩點三十分左右。（埼玉縣狹山市　H．M　10歲　男生）

☆每天晚上我都會遇到類似鬼壓身的情況，在那瞬間還能聽見奇怪的聲音，還好現在已經習慣了。（千葉縣香取郡　H．M　10歲　男生）

☆睡眠中發生鬼壓床時聽見了唸經的聲音，這是我遇過最有趣的一次鬼壓身經驗。（神奈川縣橫濱市　A．Y　14歲　男生）

就說了會被鬼壓身嘛

老師的幽魂

中村　博

春假結束後的新學期，學校外牆和教室裡，全都刷上了潔白亮麗的新油漆。

「哇，牆壁好乾淨，感覺好像換了新學校呢，心情眞好。」

「對呀，而且也換了新老師唷。」小朋友們都非常興奮。

進入梅雨季節後，天氣變得陰暗又潮濕。

「咦？老師，你看那邊的牆壁好像變黑了。」

「哦，真的耶。可能是發霉了吧。明天我用清潔劑擦擦看。」

第二天，老師拿抹布擦拭牆壁變黑的地方，但怎麼擦都擦不乾淨。

而且那個像是發霉的地方變得越來越大了。

「看起來好髒啊。還是請學校重新粉刷吧。」

老師一向學校提出申請，很少馬上說「好」的校長立刻請工友將牆壁刷回原本的潔白顏色。

小朋友們隔天早上進教室時也發現了。

「哇，重新粉刷過了耶。」

「對呀，好像換了新教室呢。」

「油漆還沒乾，大家不要去摸牆壁唷。萬一又髒掉可麻煩了。」

就這樣又過了三個月。到了九月，第二學期開始了。在某一個細雨霏霏的秋天早晨。

「糟了！糟了！不得了了！」

小朋友們全衝進了教職員辦公室內。

「今天早上一進教室，和上次相同位置的牆壁上又出現了一大片黑漬。」

「很像是個人影唷。」

「老師，看起來好像是個女生？而且在流血耶。」

聽到學生們這麼說，老師們與校長全都跑到教室去一探究竟。

一見到那片牆壁，老師們都「哇！」地大叫。因爲眞的就像學生們說的一樣。

工友帶著油漆再次將那片出現黑漬的牆壁重新粉刷成乾淨的白色。那片黑漬究竟是什麼東西啊？

一位從很久以前就在這個學校工作的工友，告訴大家這麼一個故事。

「那是三十年前的事情了。當時的學校是木造房子，和現在完全不一樣。也是在學校剛粉刷過牆壁時，有一位年輕女老師的教室緊鄰著自然科準備室和實驗室，如果想和隔壁班老師討論班級的事情，一定得繞過這間教室的西側玄關。

這位女老師非常熱心教學，即使已經很晚了，她的教室裡依然亮著燈，不是在查資料，就是在準備明天的授課內容。

那天晚上，和平常一樣，女老師教室裡的燈還是亮著。當時學校裡有值夜班（在學校裡過夜負責巡邏工作）的老師，由於時間已經很晚了，值夜班老師於是在教室外出聲提醒：「老師，再不離開會趕不上末班車回家哦。」當他推開教室門，卻被眼前的景象嚇得目瞪口呆，於是趕緊把當時還住在學校宿舍裡的我找來。當我抵達一看，只見教室裡血跡斑斑，女老師就倒臥在一旁。

原來女老師生病了，她吐了血想求救，於是以手扶著牆壁走，牆上也因此沾上了血跡。

女老師住院後沒多久便去世，而那間教室打掃乾淨後也不再使用。

因爲發生了這種事，木造校舍就提早被拆除，改建成現在的鋼筋水泥校舍。

牆壁上黑漬的形狀，我總覺得和那位女老師非常相像啊……」

向你的智能挑戰！

俗諺恐怖館

～初級篇～

意義

與其解釋半天到底什麼是鬼壓身，不如自己親身體驗看看。在這個世界上，還有許多未知的事情等著你去探索唷。

鬼壓身通訊報

VOL. 2

日本民間故事會
學校怪談
編輯委員會
發行

還在繼續看這本書的你，今後說不定也會在三更半夜遇到鬼壓身哦。害怕了吧！（哼哼）

哎唷，怎麼會有這麼多鬼壓身經驗談哪？最常出現的鬼壓身模式就是「看到奇怪的東西」，例如天花板有模模糊糊的影子、睡覺時有怪東西朝自己靠近之類的。那些說不定就是幽靈唷……。接下來是「鬼壓身時看到的東西」特集！

喂～!!
太陽都曬到屁股啦還在睡！上學要遲到了!!
人家現在被鬼壓身起不來啦……再給我5分鐘……
睡得正甜

鬼壓身通訊報 VOL. 2　○月×日（星期△）

☆這是最近發生的事。晚上睡到一半突然醒來，很想繼續睡卻睡不著。不經意往天花板看，發現竟然有個老公公一直盯著我瞧。霎那間我就被鬼壓床，動彈不得，就這樣再度昏睡了。（山口縣宇部市　K．S　10歲　男生）

☆這是我老師遇到的事件。有一天他窩在暖爐桌下睡覺，突然被鬼壓身動不了，感覺到被子底下有什麼東西坐在他身上，一和那東西四目相對，老師就昏過去了。（愛媛縣宇和島市　M．M　9歲　女生）

☆這是我和社團夥伴住在某個旅館時發生的事情。那時候練習剛結束，打算去洗澡（單人浴室）。我把身體洗乾淨後，才剛泡進浴缸內就被鬼壓身了，混入泡澡粉的白色溫水裡，竟浮出半張長頭髮的人臉直盯著我看。我嚇得連滾帶爬逃出浴室。這時候鬼壓身也消失了。我怕得要命，再也不敢一個人泡澡了。（秋田縣北秋田郡　O．M　14歲　女生）

☆有次我媽媽半夜被鬼壓身，看到床頭有阿兵哥出現，她想動卻動不了，也發不出聲音，只能束手無策躺在原處。我媽媽以爲自己作了一場夢，但我卻不認爲她是在作夢。（宮城縣仙台市　H．A　13歲　女生）

☆我媽媽在奶奶去世前一天突然被鬼壓身，還看到一個穿白衣服的女人。（東京都中野區　K‧M　10歲　女生）

☆我被鬼壓身時，看到有個男人提著菜刀站在電燈開關附近。（大阪府泉北郡　T‧T　10歲　女生）

☆晚上睡覺時身體突然不能動，當時我有意識，眼睛也是睜開著，但身體就是動不了。我往天花板瞧，看見有個白色人影在上面旋轉，一會兒後才消失。（愛媛縣今治市　H‧K　13歲　男生）

☆我爸爸說他被鬼壓身時，有看到天花板浮出一張女人的臉……。（山梨縣甲府市　Y‧S　11歲　女生）

☆我朋友小R說他曾經在半夜被鬼壓身，還看到了幽靈。而且他也看過有著河童頭的女孩。聽他說完我全身都起雞皮疙瘩了。（佐賀縣唐津市　T‧J　8歲　女生）

小小的老爺爺應該是這個樣子吧，
怎覺得怪怪的……
又不是在演《水之旅人》(註)……
神氣
喝—
呼—
哈—
神氣
譯註：《水之旅人》，一九九三年由東寶公司出品的電影，劇中主角之一是個只有十七公分高的老武士。

☆我在寺廟遇到鬼壓身時，感覺到身邊似乎有人。（和歌山縣西牟婁郡　M‧S　13歲　男生）

☆我睡覺時發生了鬼壓床，看見有個小小的老爺爺緊抓住我的腳，不停地抖動。（神奈川縣相模原市 O・Y 12歲 男生）

以下終於要進入最恐怖的部分，也就是「鬼壓身後被不知名的東西襲擊！」的經驗談。

☆五年級時我參加了四天三夜的自然教室活動。當我躺在床上睡覺時，突然頭上有個白色人影往下壓，瞬間就發生了鬼壓床，全身動彈不得。據說我們學校在建校之前，體育館後方曾經有阿兵哥被外國人殺死。我想當時可能就是被他的冤魂壓住了吧。（福岡縣福岡市 M・Y 10歲 男生）

☆我有被鬼壓身的經驗。大概是在凌晨三點到四點左右吧，我聽見敲太鼓的咚咚聲，還有女人的笑聲，他們不但伸手摸我，還坐在我身上，於是我就動彈不得了。（群馬縣邑樂郡 W・K 9歲 男生）

☆那是發生在我住在親戚家的事情。我和親戚家的姊姊非常熟，她過世的那一天，我就住在她家，晚上睡覺時雙腳突然變得很重很重，感覺就像是鬼壓身。眞是太不可思議了。（東京都大田區 K・A 9歲 女生）

人家不敢聽這種故事啦……
完全不想要有這種經驗……

沛沛的鬼話連篇

沒錯，當沛沛還在念小學時，那些曾有過「鬼壓身」經驗的人，馬上就成為大家心目中的英雄……。我超羨慕那些人，甚至還試過「交疊雙腳睡覺」、「睜著眼睛睡覺」哩……。能夠實際被鬼壓身的人真是太幸運了啦。哼！

☆有次睡覺時，我不確定那是什麼，只是睜開眼睛時感覺有什麼東西正用力地壓著我的肚子，當場我就動不了了。（神奈川縣三浦市　K・Y　10歲　女生）

☆有次生病時，睡眠中覺得身體變得好沉重、動不了，想哭卻哭不出來，即使我媽媽就睡在我旁邊（天快亮的時候）。（三重縣四日市　M・S　9歲　男生）

☆我在姐姐房間睡覺時遇到了鬼壓身，那種感覺就像被鎖鎖住般，非常恐怖。（埼玉縣飯能市　K・K　12歲　女生）

☆聽朋友說「睡覺時交疊雙腿會遇到鬼壓床」，我偷偷嘗試，沒想到竟然靈驗了。我睜開眼睛，看到前陣子去世的隔壁家老婆婆正掐住我的脖子。後來的事我不記得了，但我的脖子上真的有明顯的勒痕……（京都府京都市　K・M　11歲　男生）

☆這是我朋友遇到的事。他小時候和媽媽一起睡覺時，覺得手好像被揪住，他想跟媽媽說「好痛」，身

體卻沒辦法動彈。隔天早上他問媽媽：「昨晚妳是不是抓住我的手？」媽媽卻回答：「沒有啊。」他舉起手來，發現上面留有傷痕。（東京都江戶川區 Y．Y 12歲 女生）

☆我表弟的哥哥遇到了「鬼壓身」，眼睛一睜開就有個女鬼向他襲來，嚇得他趕緊閉上眼睛。（東京都多摩市 M．K 11歲 男生）

☆我去上廁所時遇到了鬼壓身。有個沒見過的女人抓住我的腳，她的臉上流著血還詭異的笑著。隔天早上我的腳上竟然出現了抓痕！（棉被還沾到了血跡）（靜岡縣濱松市 S．M 11歲 女生）

☆有次參加完葬禮後，當天晚上就發生鬼壓身，我的脖子被緊緊勒住。（群馬縣前橋市 N．K 9歲 女生）

小龍的休息室

遭到《學校怪談》編輯部頤指氣使的小龍，血淚交織的辛酸故事

第2章 第四度空間抽屜

在《學校怪談》編輯部醒來後，我就被這裡的人隨意地指使來指使去，每天都過得好辛苦哪（像是去買便當之類的）（※①）……。有一天我驚覺放在書桌抽屜裡心愛的原子筆、橡皮擦全都不翼而飛了。怎、怎麼會這樣啦～！難不成這裡面是第四度空間（※②）嗎？（待續）

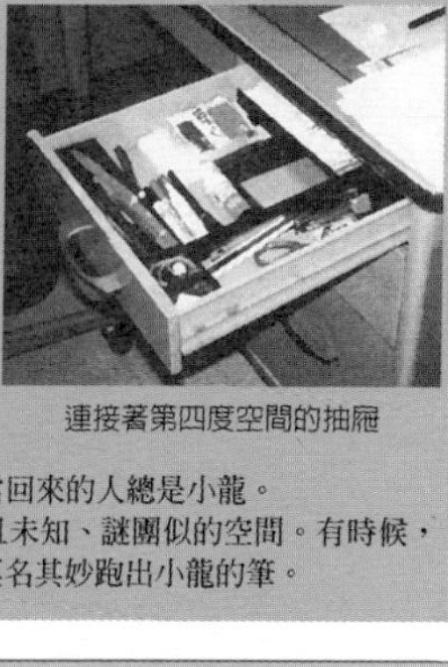

連接著第四度空間的抽屜

※① 不知道爲什麼，被派去買便當回來的人總是小龍。

※② 這個世界（第三度空間）尚且未知、謎團似的空間。有時候，並不想借東西的人抽屜裡會莫名其妙跑出小龍的筆。

喀滋喀滋，呼嚕呼嚕

櫻井信夫

這是稍微有點年代的故事。當時我才剛擔任國中老師沒多久，學校裡還有住校的工友，老師們也要輪流值夜班，在晚上的時候巡邏整個校園，以防小偷進來偷東西。

我當時還是個單身漢，所以已經成家的老師們經常找我代班，我也總是很阿莎力的答應說：「好，沒問題」，於是我值夜班的機會就越來

越多了。反正值班有薪水可拿，我就把它當成一份兼差工作，而且至今爲止也不曾發生過任何事件。

那件怪事發生在有次我值夜班的時候。

工友休息室與值班室就位在隔著穿廊和校舍相連的獨棟樓裡。我在值班室裡吃過簡單的晚餐後，晚上七點時進行了第一次的校園巡邏。

學校校舍呈L形，是一個由兩排教室與中央樓梯構成的兩層樓木造建築，隔著中央樓梯分成左校舍與右校舍。值班室前的穿廊另一頭連接著一樓中央樓梯的樓梯口。我檢查過那邊的出入口，確定上鎖之後，再往西校舍一樓的盡頭走去，確認那邊的出入口門鎖也已經鎖住了。接下來往上到二樓，每一條走廊都確實檢查，一直走到東校舍的盡頭，再下樓回到一樓出入口檢查，最後返回中央樓梯處，這就是我平常的巡邏路線。我一邊走，一邊以手電筒巡視每條走廊與教室。由於校舍是木頭建造的，走路時會一邊發出木頭的嘎吱聲響。

如同往常，沒有出現任何異狀。回到值班室後我開始批閱學生們的作業，打發一點時間。晚上十一點過後，我進行第二次的校舍巡邏。正當我走到二樓中央樓梯附近、開始巡查東校舍走廊的時候。

「奇怪，那是什麼？」

我不自覺的自言自語。走廊盡頭似乎有零星的火苗在燃燒。我睜大眼睛仔細看，真的有東西正燃燒著。

「失火了！」

我趕緊扛起放在附近牆邊的滅火器往走廊衝過去。

奇妙的是，當我趕到應該正冒出火苗的地方，那裡卻根本沒有著火的蹤跡。我繼續走到樓梯口，甚至連盡頭的教室都巡查過了，就是沒看到有任何東西正在冒火。

於是我往回走向中央樓梯，準備把滅火器放回原處，眼角卻瞄到西側走廊好像有什麼東西。

走廊盡頭似乎有小小的火正在燃燒，差不多就跟點著的菸頭一樣。於是我再度抓起滅火器飛身而去，一抵達卻又發現根本沒有火，四周靜悄悄地，無聲無息。

這下子我開始緊張了，心臟噗通噗通地狂跳，全身寒毛直豎，但我依然硬著頭皮將滅火器物歸原處、繼續巡邏。

值班室前面的工友休息室黑黑暗暗的，工友似乎已經睡著了。看來現在也不方便敲門將他叫醒，跟他說看到怪火的事情。

我回到值班室，點亮了燈卻不敢躺下來睡覺，只是迷迷糊糊地打著瞌睡。

鬧鐘的鈴聲將我驚醒。原來已經是凌晨兩點半，該去第三次巡邏校園了。

我使盡吃奶力氣抬起手腳，按照既定路線完成了巡邏工作。

什麼事都沒發生，我終於鬆了一口氣，放下心中的大石頭。經過最後一條走廊來到工友休息室前時，裡頭依然黑漆漆的，但卻隱約能聽到

3年2班
緊張
驚慌
驚慌
害怕
害怕

聲音。

我嚇了一跳，不自覺停下了腳步。

「嘖嘖、嘖嘖」

「嘖嘖、嘖嘖」

就是這種聲音。很像是小狗喝水時，或是某個人專心吃東西時嘴裡發出的聲音。

我屏住呼吸、豎起耳朵聆聽，

「喀滋喀滋、呼嚕呼嚕」

這回聽到的像是大口咬著食物、邊吞嚥邊換氣的聲音。一片漆黑中傳出這種聲響，工友到底在吃些什麼

東西啊？我被這奇妙的聲音激起了好奇心，悄聲地喊：

「大叔，大叔啊。」

怪聲音突然消失，卻沒人回應我。

呵呵，看來工友不想讓人家知道，他正在偷吃最喜歡的食物。那就算了吧，別理他。於是我悄悄轉身準備離開。這時候，「嘖嘖、嘖嘖」的聲音又開始出現了。而且緊接著又是一陣「喀滋喀滋、呼嚕呼嚕」。

我突然腳下一涼，這個聲音讓我有非常不好的預感。會不會有個恐怖的怪物，正在一口一口將工友吃掉……？

我跌跌撞撞逃回了值班室。萬一眞有怪物，那該怎麼辦？不會不會，哪有什麼怪物啊鬼的，全都只是想像……我就這樣胡思亂想到天亮，失眠了一整夜。

等到太陽露臉之後，我才離開值班室。工友休息室的門敞開著，裡面卻不見人影。我斜眼往裡頭瞄了一下，地板上並沒有血跡，一切都和往常沒兩樣。

我走到廁所旁邊的洗臉台，準備將這張疲憊的臉洗乾淨時，看見了黑髮中夾雜著白色髮絲的工友正在刷牙的背影。我連招呼都沒打，一開口就問他：「昨晚您睡得還好嗎？還是……」

工友回過頭來，一邊漱著口，直盯著我看。

「昨天半夜三點左右，工友先生是不是在吃東西啊？」

「……沒有啊。老師您也聽到了那個聲音哪？」

「那個聲音……您是說嘖嘖、喀滋喀滋、呼嚕呼嚕聲嗎……」

「對、對，我昨晚在被窩裡也聽見了同樣的聲響。」

「咦？是這樣嗎？那時候我還在工友休息室外喊著大叔、大叔呢……

……」

「這個我倒是沒聽見。」工友說完就回過頭去了。

「如果不是大叔發出的聲音，那會是什麼聲音呢？」

我屏住氣問工友，只見他用冷靜的聲調緩緩說著：

「在我之前的那位工友，有天在工友休息室的一角猝死了。似乎是因爲吃了太多番茄……但也可能原本就生了病，而在吃番茄的時候死掉的。那個時代剛打完仗，食糧非常缺乏，那位工友可能非常喜歡番茄吧。聽說他只要看到番茄，雙眼馬上就發亮……也許是這個緣故，才會大半夜的還發出拼命吃番茄的嘖嘖、喀滋喀滋、呼嚕呼嚕聲吧。」

「現在剛好是番茄盛產的季節呢。」

我突然同情起那位猝死的工友。校舍裡的怪火也好，奇妙的嘖嘖聲也罷，我深信，那個人的魂魄一定還在這個校園裡四處飄盪著，一直沒有離開。

死亡通知　望月新三郎

現在學校早就沒有請老師值夜班巡邏校園、防範失火的制度，大部分都是委託專門的保全公司來處理。但是在以前，老師留校值班的情況是很平常的事。

現在就讓我來說說這個發生在輪到我值夜班時，在學校親身經歷的靈異事件。

一九六一年的春天，我在M縣的U高中教數學，同時身兼三年B班的導師。新學期剛開始，天空不再下雪，杏樹枝頭陸續綻出了花朵。

這一天輪到我值夜班。就在傍晚五點過後。

和平常一樣，我從管理室所在的校舍往本館教室走去，穿廊響起我的腳步聲，我開始巡邏本館的教室。

走到穿廊中央時，可以看見我擔任班導師的三年B班教室。

當我不經意抬頭往教室裡頭看時，還懷疑自己是不是眼花了。好像有誰還留在教室裡。

（奇怪，學生們應該都已經回家了呀？）

我睜大眼睛再看一次，果然有位同學還留在教室裡，端正地坐在位置上，好像正等待著什麼，彷彿就像個洋娃娃。四周安靜得有點詭異。

我往教室窗邊走去，伸長脖子看個清楚。

「啊，是石井同學？」

從座位來判斷，應該是家裡開木材行的石井禮子。她這陣子不是請假沒來上課嗎？

（還是得請她快回家去。我來叫她一下。）

我趕緊繞到教室後方，用力地推門。奇怪的是門竟然鎖住了，一動也不動。

（怎麼回事？門應該沒上鎖才對呀？）

我滿心疑惑，於是又走到前面去開門。

前門也同樣打不開。

沒辦法，我只好用力敲窗戶，大聲喊著：

「喂！石井同學？」

但禮子卻沒有回答。教室裡寂靜無聲。

平常膽子還蠻大的我，這時候也開始覺得有點毛毛的。

但總不能放著不管呀，於是我冷靜下來，再次繞到教室後方用力地推門。

這次門立刻就打開了。

進入教室後，我瞬間全身起雞皮疙瘩。剛剛還親眼看到坐在教室裡的禮子，竟然不見人影。難道禮子就這樣憑空消失了？

隔天早上，石井禮子的家人捎來了通知。

「昨天晚上，在北海道的阿寒湖找到了禮子的屍體。好像是溺斃的。」

推測禮子的死亡時間，正好就是我巡查校園時，看到她坐在教室裡的時候。

原來禮子是來見我一面的。

我想起了三月某個下雪天的事情。

中午過後，原本飄著雪的天空轉而啪答啪答地下起了雪。

那一天，已經踏出校門的我，看見前方有個女學生沒有撐傘走在雪中。爲了幫那位女孩撐傘，我快步走了過去。

「來，快躲進來吧。」
這個女學生是我公寓附近木材行老闆的大女兒，石井禮子。
看到她沒什麼精神、蒼白的臉，我直覺地認爲：
（她心裡好像有煩惱哦。）
於是，送禮子到家後，我跟她說：
「知道嗎，如果妳有任何困擾或煩惱，都可以來找我商量。就像數學一樣，任何事情經過加減乘除之後，總會得到一個答案。」
禮子輕輕地點頭，露出落寞的笑容後便轉身進屋子裡去了。
後來沒多久，禮子曾經打電話到我家裡，可惜那天我不在家，是我太太接的電話。我有點擔心地去了學校，但隔天禮子卻沒來上課，聽說是離家出走了。

（唉，那孩子一定是想跟我商量什麼事情吧。禮子啊，爲什麼非尋短不可呢？）

如今，我依然會悵然地想起這一段往事。

喀啦 喀啦 喀啦

澀谷 勳

那所小學就位在離鎮上有點距離的小山丘上。

在好幾十年以前，學校後側曾經是一大片植樹林，杉木林立，綠葉蓊鬱綿延至天邊。

某年四月，剛從大學畢業的年輕男老師來到了這所小學。

他負責的是三年級學生。事情就發生在男老師連班上同學的名字都還來不及記清楚的四月中旬。

那一天是這位菜鳥老師首次輪到值班。從大清早開始，天空就飄著綿綿細雨，即使已經是四月天，濕冷的天氣還是會讓人很想抱住暖爐不放。

「以前值夜班的老師必須住在值班室，半夜裡起來巡邏校園好幾次。自從學校裡有了警衛後，值班老師晚上就不需要住在學校裡了。真好命哪。」

聽那些即將退休的老師們這麼說，看來值班應該是挺輕鬆的差事。不過，晚上八點警衛來接班之前，看守校園的工作還是得由自己執行。

「那麼，我們先回去了。」

「辛苦了。」

晚上六點過後，老師們一個、兩個地陸續離開，學校裡只剩下男老師一個人。等他吃完外送的拉麵，天色也已經完全暗了。在警衛到來以前，男老師必須先巡邏校園一次。

他將拉麵碗放回警衛室的廚房，拿起手電筒準備去巡邏三層樓的校舍。才剛一腳跨出員工室，男老師突然想到了什麼，慌慌張張地回頭。

「對了，木刀，要帶木刀。」

他想起員工室的櫃子角落放了一把用來預防萬一的木刀。老師將木刀抓在手上，心裡頓時安心了許多。

右手緊握著木刀，左手舉著手電筒，深呼吸一口氣，男老師踏出了員工室。

「喀、喀、喀。」

「喀、喀、喀。」

皮革鞋底踩在穿廊上，迴盪著詭異的聲響。白天許多小朋友們喧鬧的嘻笑聲彷彿像一場夢般，空空蕩蕩的校舍一片死寂。

「喀、喀、喀。」

「喀、喀、喀。」

眼看員工室的燈光愈離愈遠，背脊也不自覺發涼了起來。手電筒的亮光隨著腳步搖搖晃晃，男老師握著木刀的手心開始冒汗。

巡邏校舍時，必須一一檢查走廊及教室的窗戶是否確實關好。

一開始先巡查兩層樓校舍，這裡有員工室、食堂，還有音樂教室等特殊功能的教室。接下來是囊括一年級到三年級教室的三層樓校舍。

手電筒的光束透進了走廊與玻璃窗，偶爾有幾次突然出現好像有人蹲在裡面似的黑影，讓人心頭一驚而停住腳步。

外頭依然下著雨。可能是這個緣故吧，走廊上、教室裡一陣一陣飄來孩子們的汗臭味以及牆壁的濕氣味。

最後要檢查的是四年級到六年級教室所在的校舍。

「再一會兒就結束了……」

男老師鬆了一口氣。穿過走廊，繞過一樓往二樓走上去。

「喀、喀、喀。」

「喀、喀、喀。」

突然傳來了不知道是誰的腳步聲。男老師倒抽了一口氣，繃緊神經豎耳聆聽。

「喀、喀、喀。」

「喀、喀、喀。」

的確是某個人正在爬樓梯的聲音。

「……！」

男老師不自覺地嚥下口水，慢慢回過頭。手電筒的燈光朦朦朧朧地落在樓梯口。沒看見有任何人的蹤跡。於是他踩上階梯，往二樓的走廊走去，這次後面同樣又響起了腳步聲。

剎那間他覺得身體僵硬、喉嚨乾渴。男老師舉起木刀咻咻地揮舞，走路時更是故意發出響亮的腳步聲。

五年級生的教室一排有五間。但五年級總共才四班，最後面那間教室並沒有在使用。

男老師走進每一間教室裡查看，確認窗戶有沒有關好。當他來到那間空教室前的時候，

（這間教室是不是也要檢查一下？）

他突然猶豫了起來。平常沒使用的教室，窗戶不可能開著吧。但他還是放心不下，於是「喀啦喀啦」地將門推開，舉起手電筒探頭往裡面窺看。教室後面高高堆疊著椅子，一股塵霉味撲鼻而來。

5年3班
呼—
呼—
呼—
呼—

「唉呀！」

他輕輕驚呼了一聲。教室前方的窗戶竟是開著的。

「是、是誰打開的？」

男老師口中念念有詞，一邊走進教室打算去將窗戶關上。就在這時候：

「喀啦喀啦、喀啦喀啦。」

不知從哪裡響起了滑輪滾動的聲音。

「……！」

他的心臟噗通噗通狂跳，一股寒氣像電流般倏然從背脊竄起，握住木刀的手心更是冷汗淋漓。

手電筒的光束幽幽地穿出暗窗外。突然，堆疊在教室後方的椅子「匡噹！」地發出巨響。

「誰？是誰！」

男老師被嚇得彈跳起來，轉身舉高手電筒。一隻黑貓咻地從他腳邊竄逃而去。

他的膝蓋不住地發抖。男老師屏住氣息往窗邊走去，伸出顫抖的手關好窗戶並上鎖。

這個時候……

「喀啦喀啦喀啦。」

「喀啦喀啦喀啦。」

隱隱約約又傳來了滑輪的滾動聲。可能是風的關係，聲音忽大忽小，但的的確確可以聽見那聲音。

「……！」

突然他感覺到好像有人正往他的脖子吹氣。

「媽呀！」

男老師的腦袋頓時一片空白，當場昏了過去。

等他醒過來時，人已經躺在醫院的病床上了。

來探病的前輩老師說：

「這樣啊？真的出現了唷。」

他邊點頭邊詭異地笑著。

「以前，這所學校附近有座古剎。杉樹林那一帶曾經是座墳場……，如今依稀還能看到一些舊墓碑。墳場入口處有一口上頭加了滑輪的古井，可能是要讓前去掃墓的人打水使用吧。墳場裡雖然有墓碑，但其實都是幾百年前一些無名氏的墳。聽說在下著小雨的晚上，不知道是誰惡作劇，總能

聽到那座古井發出滑輪喀啦喀啦、喀啦喀啦的滾動聲。」

這位即將退休的老師古怪地笑著繼續說道：

「不過，眞遇到幽靈的，老師您還是頭一個呢。」

說完他拍了一下男老師的肩膀，轉身走出了病房。

來見老師的幽靈　小澤清子

那是發生在剛進入昭和年代的事情。

長野縣M市的某所高中發生不得了的大事件。

有一名學生自殺了。他在學校附近的山頭服毒、割腕死掉了。這名學生是三年級的山田，沒留下遺書，家人與朋友也都不知道他爲什麼尋短，於是他自殺的原因就成了一個謎。

這名學生在自殺前幾天就沒來上課了。這學校從不曾有學生曠課的紀錄，班導師河上老師心想：

（我還是去山田家看一下狀況吧……）

但因爲要準備考試，又得開教職員會議，老師一直抽不出時間拜訪山田家。沒想到山田就在這段期間自殺了。

（如果能在他曠課時就去看看他，也許就不會發生這種事情了……）

河上老師既懊惱又自責。

事情發生後大概一個月，輪到河上老師值夜班。半夜，在值班室裡睡著了的河上老師突然覺得胸口既悶又重。他睡眼惺忪地張開眼睛，突然「哇～」地發出了驚呼聲。

山田～！
好重唷……

眼前這張透明的白臉是……

啊，是之前那個自殺的學生山田。已經死掉的山田端坐在老師胸口上，兩隻眼睛直盯著老師的臉瞧。

「哇～山、山田！」

老師下意識想立起身體，手腳卻不聽使喚，彷彿有顆大石頭壓住了胸口般，動彈不得。

「唔、唔……」

老師使盡全身力氣奮力掙扎，山田的身影倏地消失，老師的身體頓時恢復了輕鬆。汗流浹背、氣喘吁吁的老師再也沒有心思睡覺，只是發抖著身子等待清晨的到來。

隔天早上，聽河上老師說完昨晚遭遇的校長說：

「老師，現在哪還有什麼鬼魂啊，你昨晚該不會是作夢吧。」

看來校長完全不相信。除了校長，其他老師們也都嘲笑說：

「你就是太在意那學生的事，才會出現這樣的夢魘吧。」

一開始絕不相信自己是作了惡夢的河上老師，日子久了也慢慢失去自信，懷疑自己「當時應該是作了一場夢吧」。

而且，其他老師值夜班時也不曾看見或發生任何事情呀。

不久以後，再度輪到河上老師值夜班。

（怎麼辦，心裡眞害怕呀。）

如此恐怖的值班經驗，再也不想再來一次了。但是根本沒人相信學校裡有鬼，也沒辦法拒絕值夜班。再三考慮之後，他決定：

（找個伴陪我一起值夜班好了。）

於是老師跑去找工友伯伯，拜託他今晚留在學校一起值班。老師老老實實地說完原委後，工友伯伯爽快地答應：

「沒問題，我們兩個痛痛快快地喝上幾杯，保證讓你安睡到天明。」

當天晚上，河上老師與工友喝了幾杯酒之後便倒頭呼呼大睡，什麼夢也沒作。也不知道睡了多久，河上老師覺得胸口沉重得難受而醒了過來，感覺就像身體被塞進窄窄的空間裡，全身被束縛得就快無法呼吸。

他張大眼睛一看：

「唔、哇啊～！」

又是那個山田壓坐在自己的胸口上。慘綠的臉上目光炯炯。老師想起身卻動彈不得，身體就像被繩子緊緊捆住了一般。

「救、救命、救命啊～」

老師想張口呼叫，聲音卻被卡在喉嚨裡，只能發出像是吹口哨般的咻咻聲。

這時候，睡在一旁的工友突然醒來，清清楚楚看見了這一幕。他看到已經死掉的學生就坐在老師胸口上。

「哇～救、救命……哇啊啊啊！」

工友嚇得從棉被裡彈跳起來，打算逃走時卻閃到了腰，雙腿癱軟，一屁股跌坐在地上。

「唉呀呀，眞是匪夷所思啊，太不可思議了，這輩子還第一次遇到這種鬼事。」

隔天早上，工友伯伯一臉睡眠不足、又驚又懼的模樣，慘白著一張臉訴說著昨晚的恐怖經歷。

其他老師們則是七嘴八舌地討論著：

「說得好像眞的一樣。」

「聽說人死後七七四十九天內，魂魄會四處飄盪呢。」

三天之後，管理圖書館的老師一直到很晚了都還待在圖書館二樓整理書籍。

當天晚上九點左右，他聽見走廊傳來沙沙的聲響。好像有誰在走廊上走著。

「學生們應該都已經回家了呀……」

他到走廊上查看，沒看見任何人。長長的走廊上只有從窗戶穿洩而入的皎潔月光。

「沙、沙。」

這次是下樓梯的聲音。圖書館老師有點緊張地爬上樓，看見遠處好像有個學生腋下夾著書本，正往暗暗的樓梯走下去。

（圖書館五點就關門了呀，這個時間他在這裡做什麼？）

於是他生氣地大喊：

「是誰在哪裡！」

才一喊完，那個學生便緩緩回過頭來。

（啊！）

老師倒吸了一口氣。幽暗的燈光下浮現的那張慘白臉孔……不正是那個已經自殺的學生山田嗎？

「明……明明聽見了腳步聲卻看不到他的腳。才一下子他就消失在樓梯口了。沒錯，那絕對是自殺了的學生山田。」

圖書館老師話一說完，全身便不住地顫抖。

如今已經有三個人親眼目睹了山田的鬼魂，這下子連校長也不得不相信了。

「請您考慮一下是不是還要繼續輪值夜班吧。」

河上老師非常認眞地向M市的市公所說清楚來龍去脈，請求免除值夜班的義務。

沒多久，河上老師就接到M市市公所的通知：

「今後特准學校免除值夜班的工作。」

從此以後再也不必輪值夜班了。

可能是這個緣故吧，山田的

鬼魂再也不曾在校園裡出現。

向你的智能挑戰！

俗諺恐怖館

～中級篇～

什麼嘛……
妖怪心海底針
嗚嗚……
嗚嗚嗚……
我對將來感到好迷惘啊……
教教我該怎麼辦吧～
這種事我哪知道啊！快點消失啦！
搞什麼飛機呀……
嗚

意義

妖魔鬼怪們也會有各種煩惱，但人類並沒辦法完全了解。也就是說，面對事情時是不能夠不懂裝懂的。

鬼壓身通訊報

VOL. 3

日本民間故事會
學校怪談
編輯委員會
發行

嗯，原來鬼壓身也分很多種類呢。看完這篇報導，保證讓你的鬼知識突飛猛進唷……。

鬼壓身通訊報第三彈登場！可惜我們無法將所有來信都刊登出來，畢竟幾乎都是些鬼壓身的親身經驗談哪（超恐怖唷……）。

一般人認為鬼壓身是幽靈作祟，但事實上好像並非全然如此。總之，真相如何我是不曉得啦，還是請大家繼續分享以下來自各地的稀奇古怪經驗談吧。

大家的遭遇都很恐怖咧
渾身起雞皮疙瘩～
竟然有這麼多人遇過鬼壓身……

☆遇到鬼壓身時，腳總是會慢慢離地（超痛苦），整個身體浮在半空中，咕嚕咕嚕不停地旋轉。折騰了一會兒後突然被拋回地面，鬼壓身才解除。（埼玉縣坂戶市 M．H 34歲 女生）

鬼壓身通訊報 VOL. 3 ○月×日（星期△）

☆大概是半夜一點左右，眼睛睜開時發現自己被鬼壓身，看見柱子上有三團火球。（山口縣山陽小野田市 M・Y 10歲 女生）

☆我媽媽遇到鬼壓身，說她看見了黑黑的東西。（千葉縣富津市 M・K 8歲 男生）

☆睡午覺時發生鬼壓身，等我醒來時竟然身在廚房。（東京都葛飾區 H・K 10歲 男生）

☆我在床上睡覺時遭到鬼壓身，而且整張床的位置都改變了。有一陣強風吹來，我不停念經，鬼壓身才消失。（愛知縣豐橋市 N・T 11歲 男生）

☆我們學校以前是個墳場，因爲學校就蓋在上面，值夜班的老師就被鬼壓身了。往下挖掘那塊地，竟發現了一尊地藏菩薩，那正是這所學校的地藏菩薩。（靜岡縣燒津市 R・A 11歲 女生／I・S 7歲 女生）

☆那是發生在我三年級的時候。一個熱得睡不著的晚上，我突然被鬼壓身，眼睛往下看時竟看見有兩個人坐在我身上。我趕緊雙手合十念阿彌陀佛，鬼壓身瞬間便消失了。眞是多虧了祖先的保佑啊。（愛媛縣松山市 K・M 12歲 女生）

☆我曾經有過類似鬼壓身的經驗。當時我想睡覺了，於是鑽進被窩裡，等我關掉電燈準備閉上眼睛時，卻突然渾身僵硬，很想躺下卻動彈不得。我心裡想著「快動呀，動呀」，身體卻不聽使喚。我繼續這樣默想著，大概五分鐘後身體才又能動了。（廣島縣福山市 I・N 9歲 女生）

哈尼太郎回來了之卷

哈尼太郎回來後，我的生活再度陷入苦難中。
因為
當我正準備享用蛋糕時……
雙眼發亮
我就被鬼壓身動不了了。
僵硬
大快朵頤
好吃
這傢伙……竟然全吃光了
好歹也留一點點給我嘛……
可能他明白了我的心情吧，前幾天……
嗝
嗝
呼ー
泡麵
他留了一點泡麵湯給我喝。
完全沒有料了……
嗚呼……

沛沛的鬼話連篇

你聽過「○歲之前若不曾被鬼壓身，這輩子就再也不會發生了」這個傳說嗎？沛沛我可是在即將滿○歲前三天，才第一次遇到鬼壓身哩。你問我○歲到底是幾歲？我才不告訴你咧～。

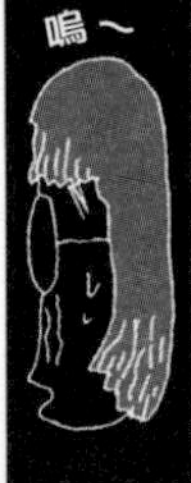
嗚～

小龍的休息室

想出名想瘋了的編輯部員工之什麼都敢寫專欄

第3章 哈尼太郎之謎

最近好像出現了不少怪咖，特別是那個叫「哈尼太郎」（※①）的傢伙，究竟是何方神聖哪？真讓人一頭霧水……。他是哪裡有趣呢？據說哈尼太郎來自千葉縣，今年大概34歲，最喜歡的東西居然是小笠原產的罐裝海龜肉（※②），真的假的。（待續。）

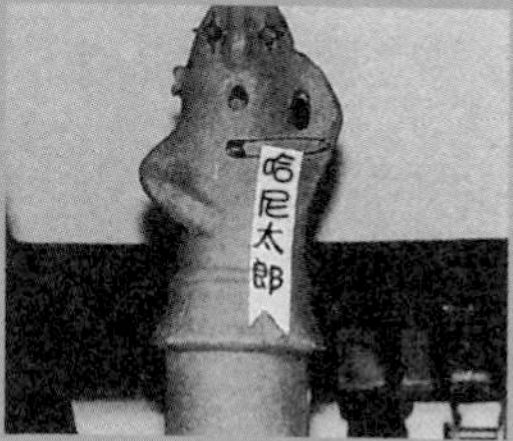

被發現的哈尼太郎的樣子

※① 突然出現在《學校怪談》系列的怪傢伙。擁有許多女性粉絲，小龍超不甘心的（哼）。

※② 在小笠原販售的珍貴下酒菜。滋味十分奇特。

☆我曾有過十次左右的鬼壓身經驗。那一天正好是我的朋友因病去世的當天晚上。（東京都板橋區 H·T 9歲 女生）

☆那是去年夏天的事。我哥哥的兩個朋友來我們家住。我們一起去買書，兩個朋友當中的一人買了一本恐怖故事書，封面上有張非常可怕的女人的臉。晚上我以爲大家要一起睡，沒想到我卻得自己一個人睡覺。我因爲寂寞而哭了起來，瞬間電燈突然熄滅，我就被鬼壓身了。隔天早上醒來時發現電燈是開著的，嚇得我冒出一身冷汗。（鳥取縣米子市 S·Y 9歲 男生）

☆我在看書時突然被鬼壓身，動彈不了。（東京都墨田區 I·H 11歲 男生）

☆二年級的時候因爲被鬼壓身發了高燒，情況非常嚴

只要一看數學課本我就會被鬼壓身，腦袋發熱昏昏欲睡。
應該是「幽靈」在作祟吧……
算数

重。（兵庫縣伊丹市　S・M　8歲　男生）

☆發生鬼壓身時整整一個小時無法動彈，感覺就像死掉了一樣。從此以後，我好像就被「鬼」附身了……（東京都目黑區　N・N　11歲　女生）

☆睡覺時突然身體動不了，感覺全身就像被電流穿過似的，非常可怕。（福岡縣福岡市　M・M　10歲　女生）

☆那件事發生在某個夏天晚上。我累得無法爬上床，直接就在床底下睡著了。我的身體一下子變得無法動彈，但沒有馬上聯想到是被鬼壓身，過一陣子才驚覺原來剛剛那個就是鬼壓身！（東京都昭島市　M・H　10歲　女生）

☆我的兩個朋友一起去洗手間，其中一人先進去右側裡面第二間，另一個人在外面等。進去上廁所的那位朋友突然被鬼壓身。他不知道為什麼水會嘩嘩地流，而且還聽到前面那一間廁所裡傳出呻吟的聲音。（新潟縣三條市　H・H　9歲　女生）

全球創下200萬銷售量的數學謎題！
〔比數獨還好玩的新遊戲〕
因為KEN賢KEN™
KEN-KEN
我們迷上
數
學
啦！
時報出版

哈尼太郎回來了

有了前車之鑑，今後我絕不在哈尼太郎面前吃點心。
呵呵呵
這是你自找的……
可是……
乓啷
咻～
哈尼太郎竟然把我的撲滿打破
還將我催眠
催眠光線～
哈
哈
哈
結果他讓我拿撲滿裡的錢
呆～
給我3個紅豆包子，還有……肉包3個……
嗚嗚嗚……
我現在在幹嘛呀……
去買點心回來給他吃。

☆這是聽我朋友說的。被鬼壓身時只要念著某個人的名字，七天內那個人就會死掉。（愛知縣岩倉市 M・M 10歲 女生）

☆我曾遇過一次鬼壓身。事情是這樣的～怎麼說呢～就是起床的時候突然身體動不了，我稍微張開眼睛，朦朧中好像有瞄到什麼東西。（神奈川縣橫濱市 T・S 11歲 女生）

叫我第一名

水谷章三

這所國中有個傳統，每逢考試過後，都會將學生的成績從第一名依序排到最後一名，然後將榜單貼在體育館的外牆上。

成績徘徊在中下段的同學們完全不把這張榜單當一回事，但那些經常擠進前五名的學生，可是各個卯足了勁用功讀書，其中屢屢蟬連一、二名寶座的是名叫內田與川井這兩位學生。

尤其是內田同學，每次考試簡直就像是拼老命似地閉門苦讀。這個外表弱不禁風、常爲氣喘所苦的學生，一遇到考試將近，寧可不睡覺也要整天埋在書桌前啃書。

升上二年級的第一學期，內田考了第三名。

第二學期的期中考，他還是排名第三。

這下子內田可慌了手腳。從那天起，只要一有空閒，內田就會捧著筆記本或教科書猛K，頭都不抬一下。班上同學似乎也都感染到他這股緊張的氣氛，講話時還會特地放低音量，以免吵到內田。

某一天，導師工藤終於擔心的開口說：

「內田同學，你用功過度了吧？太勉強自己的話，只會造成反效果哦。」

內田輕輕地「咳咳」喘了兩、三聲，卻沒有抬起頭來。

才剛宣布了期末考的時間，內田就沒來學校上課。聽說是氣喘又發作了。內田的媽媽打電話來，說內田即使在家養病，滿腦子想的還是只有期末考的事情。只是，在十一月某個氣溫驟降的清晨，內田去世了。

「我好幾次勸那孩子不要這麼勉強自己，但即便我說破了嘴，那孩子卻……」

內田的媽媽流著眼淚向老師訴苦。

期末考終於結束，成績也已經出來了，公佈排名的榜單照舊貼在體育館的牆上。

「差不多該回家了。」

當工藤老師開始收拾書桌時，外頭天色已經是漆黑一片。

還待在員工室的就只剩清水老師一個人，學生們早就都回家去了。

「唉呀，工藤老師。」

清水老師突然失聲高喊。

「體育館的燈還亮著呢。」

「可能是忘了關吧。」

「不不，我確定我有把燈關掉。」

工藤老師對於清水先生的「確定」頗不以爲然，漫不經心地穿過黑漆漆的走廊往體育館走去。

燈光從體育館的細小門縫洩了出來。正當工藤老師準備推開那扇沉重的大門時，不知從哪裡傳來了咳、咳的咳嗽聲。

「咦？還有人嗎？這個時間還有誰會待在這裡？」

工藤老師用力將門推開，體育館裡迴盪著劇烈的咳嗽聲響，放眼望去卻不見人影。

「是我聽錯了吧？根本沒有人哪。」

工藤老師啪、啪地關上電燈開關，然後將大門關緊。當他回到員工室，看見清水老師目光怔怔地望著窗外。

「怎麼了嗎？」

「燈又亮了。」

「怎麼會？」

工藤老師不敢相信自己的眼睛。的確，庭院對面的體育館，竟然是燈火通明。

「太奇怪了，我確實把燈都關掉了呀。」

「該不會是開關壞了吧？」

「可能吧。眞會找麻煩。」

工藤老師有點生氣，但還是又往體育館走去。

正當他伸手將體育館的大門推開時，又聽見了咳、咳、咳的氣喘聲。工藤老師嚇了一跳，瞬間屏住了呼吸。

（怎麼可能……）

當他還搞不清楚是怎麼回事時，雙腳已經動彈不得了。心臟彷彿就要從嘴裡跳出來似地噗通噗通猛跳，耳朵嗡然響起耳鳴聲，冷汗更是不斷從腋下冒出來。

突然一轉眼，體育館內又回復了安靜，悄然無聲。

老師回過神來，將臉湊近門縫朝裡面窺看。體育館裡燈光明亮，卻沒瞧見有半個人影。

老師一鼓作氣將大門推開，喀啦喀啦聲響徹了整座校園。

果真一個人也沒有。

工藤老師無意間往貼著成績榜單的牆上一瞄，剎那間他雙腳發軟。

第一名的位置，竟然被一道像是血痕般的長線整個塗掉了。

咳
咳
咳
咳
咳
怎麼可能……

來自靈魂的通知

望月新三郎

那個事件發生在剛過完新年沒多久，也就是第三學期剛開始時的一月九日早上五點多左右。

就讀某所身心障礙學校的正義同學，在被窩裡翻身了兩三次之後，突然大喊：「老師來了！」並用力推擠睡在一旁的媽媽。

媽媽急忙緊握住正義的右手。因爲正義說得太快，媽媽沒聽清楚他

說了什麼，於是開口問：
「正義，怎麼啦？是哪裡痛嗎？」
媽媽接著習慣性地看了一眼鬧鐘，鐘面顯示著五點十三分。
正義爬出了被窩，拉開嗓子不停重複叫喊著：「老師——到學校了。」
「正義，你說的老師是指那位住院的下村老師嗎？」
「嗯，就是下村老師。」
媽媽臉上泛著微笑，輕輕撫摸正義的頭。
「原來是這樣啊。你夢見下村老師來學校呀。」
下村老師非常慈祥，總是陪著大家談天說地，歌喉也相當好。小朋

友們都很喜歡這位老師。

這天早上，正義和平常一樣搭著媽媽的車去上學。到了學校才知道，在M醫院住院的下村友二老師已經過世的消息。

時間是清晨五點十三分。

病因是白血病。

正義的媽媽非常驚訝。她想起今天一大早，正義說他夢見下村老師到學校來，於是跟校長說了這件事。

一旁菊江同學的媽媽聽見了，也很訝異地說：

「請看看這張照片。」

「這不是秋天去動物園時拍的照片嗎？」

「對，菊江今天一早就拿著這張照片，再三地用手指著告訴我這是下村老師。」

「這樣啊。」

就這樣，六位同學各自以不同的方式通知父母關於下村老師的死訊。看來，下村老師是多麼希望能夠早日回到學校啊。

「老師一定很想再見見這幾個孩子吧。於是將意念傳達給孩子們，讓他們來通知家長。」

「眞是一位愛孩子的好老師呀。」

紅色高跟鞋

渡邊節子

吉田老師回到學校時，校園裡早已是一片漆黑。之所以會這麼晚，是因爲去參加了鞠子老師的告別式。

吉田老師與鞠子老師的交情非常好，因爲他們兩個都是今年春天被分發到同一所小學的菜鳥老師。鞠子老師很愛看書，喜歡小孩子，而且喜愛蒐集有趣的文具，所以她很早就下定決心：

「我一定要當個老師。」

就這樣，好不容易美夢成眞，鞠子終於成爲老師。因爲太開心了，開學那一天，她還特地穿上最喜歡的紅色高跟鞋，偷偷在心裡向自己道賀呢。

腦中一邊淡淡回想著往事，吉田老師上六樓拿行李，之後再搭電梯回一樓。因爲他有東西放在樓上忘了拿。

鞠子老師教學非常認眞，簡直到了廢寢忘食的地步，今天早上甚至還因此睡過頭，慌慌張張從床上跳起匆匆出門。她一心朝著學校的方向走，就在學校正門口準備過馬路時，被一輛高速闖紅燈的車子撞上……當場就死亡了。當眾人譁然紛紛趕上前去時，只見鞠子老師睜著雙眼滾到了馬路邊，臉上還掛著「究竟發生了什麼事？」的表情。

五樓……四樓……電梯這時候突然停了下來。

「咦？有誰要搭電梯嗎？今天是星期六，這時間應該不會有學生在這裡呀？」

心裡正納悶時，電梯門刷——地開啟了。電梯外是一條漆黑的長廊。

「沒有人哪？」

吉田老師哆嗦了一下，伸手打算按下「關門」的按扭時，突然傳來了女人的聲音。

「抱歉，請讓我上電梯。」

啊，果然有人，可能是哪個學生忘了東西吧。正當吉田老師鬆了一口氣時，走廊遠處隱約傳來了喀、喀、喀的腳步聲。那不是學生的鞋子發出的聲音，而是大人的高跟鞋聲。

高跟鞋喀、喀、喀的聲響越靠越近，可是……卻一直不見人影。吉田老師心裡有點毛毛的，瞇起眼睛仔細看，黑漆漆的走廊上隱隱約約好像有兩個紅紅的東西正在移動。是一雙紅色高跟鞋。

紅色高跟鞋喀、喀、喀地往電梯的方向走過來，一直到了電梯前，喀答一聲，腳步聲停止了。那雙紅色高跟鞋好眼熟啊……沒錯，正是鞠子的高跟鞋。只見停住的高跟鞋兩腳微開，看來它是想搭電梯！

吉田老師嚇得趕忙按下「關門」的按鈕。電梯門緩緩動了起來，就在右腳紅色高跟鞋舉起正打算往前跨的瞬間，電梯門砰地完全關上了。

電梯門外發出了「啊」的叫聲。

吉田老師死命按住「關門」與「一樓」按鈕不放。三樓……二樓……一樓……吉田老師鬆開緊壓住「關門」鈕的指頭，電梯門緩緩地滑開。

電梯門外——沒有半個人影。為了確認狀況，吉田老師踏出電梯。鏗鏗鏗鏗……樓梯處傳來急促的腳步聲。

「是下樓的鞋子聲，鞠子下樓來，朝我這邊走過來了！」

吉田老師渾身寒毛直豎，立刻拔腿就跑，完全顧不得回頭看看後面究竟發生了什麼事。之後甚至接連好幾天都抵死不肯到學校去。

吉田老師堅信，「鞠子一定不知道自己已經死掉了，畢竟事故發生

△1·2·3·4·5·6·7▽
公佈欄

得太突然，所以才會又回到她最喜歡的學校來。」

消失在廁所裡的老師

澀谷　勳

從東京搭電車只要兩小時就能抵達的地方，有個小小的城鎮。

位於小鎮中心點的城堡遺跡裡，還留有一座天守閣、蓄滿水的護城河與堅固結實的木造大手門。

這座城堡遺跡的城壕一帶，現在已經是間環繞著櫻花樹和櫸樹、有著木造校舍的小學。

學校來了一位新的男老師，有點駝背、不愛說話，年紀大概已經有四十歲以上了。

這位男老師是五年三班的導師。自我介紹時，他說：

「我出生在東北的一個小城。這座小鎮和我出生的小城非常相像，眞令人懷念哪。」

接著他轉向黑板，「我的名字是山上藤右衛門。這名字很像個武士吧。」邊說還邊抿嘴呵呵地笑著。孩子們見狀也跟著哄堂大笑。

這位老師雖然有點迷糊，也不怎麼可靠，但午休時或放學之後，他總會和孩子們一起玩球，陪他們玩耍，所以非常受同學們的愛戴。

五月的連續假期結束後，學校舉辦了遠足活動。

按照往例，五年級生的遠足地點是附近的三峰山。這座山標高九百公尺，同學們不使用任何交通工具，完全以步行方式，在一天之內沿著山脊縱走，是一趟相當艱鉅的旅程。

早上七點鐘。

五年級從一班到三班，加上老師們及醫護老師，由一百多人排成的長龍就這麼浩浩蕩蕩從校門口出發了。

離開學校後大約走了三十分鐘，抵達登山口。環顧四周已經不見人煙，平坦的馬路也變成了坡道。越過架在小河上的圓木橋、穿過杉木林之後，山路變得更陡峭了。

「聽好囉，就算覺得口渴也不能隨便喝水哦。」

緊跟著五年三班的隊伍，山上老師邊走邊叮嚀同學們。

林間此起彼落著鳥鳴聲，舒爽的山風拂去了孩子們的汗水。

「再往前面走一會兒有個廣場，我們就在那裡休息一下。」

老師伸出手指了指山頂的方向。

「老師，您爬過這座山嗎？」

同學們問。

「有啊，來過五、六次了。」

「哦，爲什麼來這裡？」

孩子們興致勃勃地問

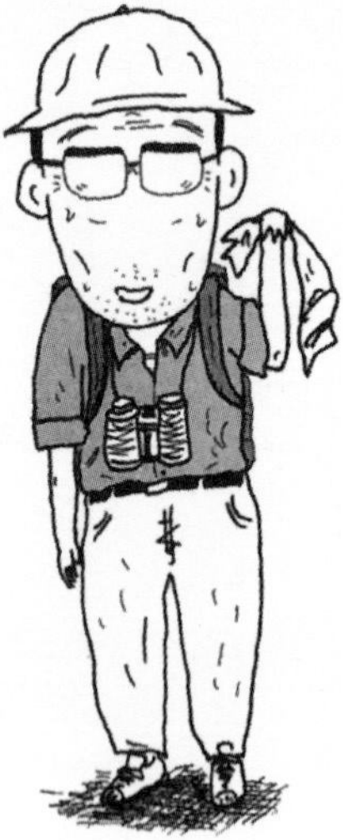

著。

「因爲我很喜歡城堡。前面那個廣場，以前曾經是一座外城哦。」

「嗯，我知道，三年級的時候就聽說過了。」

「是城裡的公主死掉的地方，對吧？」

在古老的戰國時代，主城淪陷，城裡的公主逃亡到這裡之後自殺了，於是這裡就變成了一個悲劇性的傳說地點。

「那已經是五百年前的事情囉。」

老師彷彿自言自語般喃喃地說著。

突然，一塊視野遼闊的平地豁然出現在眼前。

「暫時休息一下！」

走在最前方的領隊老師大聲地宣布。

這座廣場就像個小公園，遠遠能夠望見鎮上櫛比鱗次的屋舍。廣場北邊有個舊木板牆蓋成的廁所。

脫隊往廁所方向奔去的學生、彎下腰來就著水龍頭喝水的學生、大口咬著巧克力的學生，廣場上頓時熱鬧了起來。

就在大家陸續準備整隊再出發時，不知道爲什麼，到處都找不到山上老師的蹤影。

「老師呢？」

五年三班的學生們紛紛問著。

「老師去上廁所。」

有個男孩用手指著洗手間。

「我看見他走進去了。」

「我們去叫一下老師吧。」

五、六個男學生馬上往廁所跑去。

男女生廁所是分開的，男廁裡總共有五間廁所。

「老師！」

「老師！」

「要出發了唷！」

學生們大聲叫喚，依序敲著廁所門，卻沒有得到任何回應。於是一間間打開廁所門，但每間廁所裡都是空著的。

「難道是在女廁？」

「怎麼會，老師是男生耶。」

孩子們雖然心裡納悶，但還是去女廁找了一下。只是，女廁裡也沒有老師的身影。

「怎麼了？發生什麼事？」

領隊老師跑進廁所裡一探究竟。

「山上老師不見了……」

「山上老師？」

「嗯，有人看見他來上廁所……」

聽同學們說完始末，這次換領隊老師去敲男廁的門。

突然，

「啊，要出發了嗎？」

廁所裡迸出山上老師的聲音。

「……！」

孩子們詫異地面面相覷。

「老師明明就在裡面啊。」

領隊老師伸手輕拍男學生的頭說：

「好了，準備出發吧。」

說完之後便轉身跑回剛排好隊伍的孩子們身邊。

「眞是抱歉哪。」

山上老師推開廁所門，笑瞇瞇地走了出來。

「老師，您一直在廁所裡嗎？」

「咦？爲什麼這樣問？」

老師先是露出茫然的表情，很快就回答說：

「啊，沒錯。因爲昨天下午起我就忙著查資料忙到很晚，今天早上又睡過頭，一直沒時間上廁所呢。」

嗶——嗶——

隊伍出發的哨音響起了。

「好了，我們也快點出發吧。」

老師一邊繫著褲腰帶，拖著步伐趕上隊伍。男學生們雖然一臉問

號，還是趕緊跟上老師的腳步。

就這樣又過了兩個月，今天是本學期上課的最後一天，明天起要放暑假了。

老師分配著講義，一邊解說暑假作業的內容。

「每天只要花二十、三十分鐘，十天內就能做完數學與國語作業。這樣就只剩下作文要寫了。暑假期間大家就開心地玩吧。」

講到這裡時，老師突然臉色一變，抱著肚子蹲了下來。

「老師！您怎麼了？」

「生病了嗎？」

女同學們哇地紛紛站了起來，圍在老師身邊。

「我的肚子有點……」

老師一臉痛苦地站起身來，露出虛弱的微笑說：

「我早上還沒時間去上廁所。」

話才說完就走出教室了。有三位男同學很擔心老師，於是跟在後面一起去。

學校的廁所貼著淡藍色磁磚，感覺就像旅館一樣。

老師回頭跟這些孩子們說了一聲「眞是抱歉啊」，伸手拉開第一間廁所門走了進去。一開始還能聽見裡面傳出「嗯」的使力聲，但一會兒之後就聽不到任何聲響了。過了五分鐘、十分鐘，依然沒有動靜。

「老師……」

老師進去廁所已經超過二十分鐘，學生們終於忍不住大聲喊：

「山上老師！」

「山上老師，您還好嗎？」

同學們敲敲廁所門，門內卻靜悄悄，毫無回應。

「老、老師……」

明明是夏天，廁所裡的空氣卻突然冰涼了起來。孩子們這下子害怕了。

「怎、怎麼辦……？」

大家你看我、我看你，身體微微顫抖，不知道是誰開始一小步一小步往後退，慌慌張張地衝出廁所跑回教室去。

「糟、糟糕了啦！」

「老師沒有從廁所裡出來！」

班上同學們一陣騷動。

「真的嗎？」

「會不會昏倒了？」

「去看看究竟是怎麼回事吧！」

孩子們於是一個接一個跑出了教室。

「不可以在走廊上奔跑！」

隔壁班老師走出教室，揪住一個男同學的手。

「山上老師他……在廁所裡……」

「咦！真的嗎？」

同學說完事情的原委，隔壁班老師立刻也跟著跑進廁所。

「山上老師！山上老師！您在裡面嗎？」

一邊叫喚同時還試著將門打開，但門卻從裡頭鎖住了。

「哪位同學跑一趟，去跟工友借螺絲起子來。」

孩子們馬上奔往工友室，工友也立即拿出螺絲起子交給同學。這時候，其他班級的老師們也都跑來一探究竟。

好不容易以螺絲起子撬開了門，孩子們卻異口同聲驚呼：「哇！」

只見廁所裡空空蕩蕩不見人影，只有山上老師的名片夾掉在馬桶裡

半沉半浮著。

就這樣，再也沒有任何人見過山上老師。

三峰山外城旁的廁所是公主自殺的地方，而小學的廁所，剛好就在公主位於主城內的房間位置。這個不知從哪來的謠言就這麼傳開了。

山上老師可能是因爲造訪過城堡遺跡，被自殺了的公主的魂魄纏上，甚至被帶往冥界去了吧。

向你的智能挑戰！

俗諺恐怖館

～高級篇～

我不玩了啦～

溺水的人就算是人頭也要死命抓住
受不了！
我才不會溺水咧！
到底在想什麼啊……
誰會去抓那種東西啦!!

意義

溺水的人無意中也有可能抓到奇怪的東西。也就是說，人類這若是失去了分辨能力，就會發生意想不到的狀況。

鬼壓身通訊報

VOL. 4

日本民間故事會
學校怪談
編輯委員會
發行

不想再聽這麼恐怖的經驗談了啦！如果你害怕了，接下來這一段最好跳過別看哦。

有些人被鬼壓身時，身體會浮起在半空中唷。不過，當靈魂出竅時也會發生相同情況。自己從身體脫離，很奇妙地竟能看見另一個自己，這就是所謂的靈魂出竅！其他還有一個人擁有兩個身體、一個人同時出現在兩個地方等等不可思議的現象。這到底是怎麼回事呢……

☆當我因爲腎臟病住院時，竟然發生了靈魂出竅。（沖繩縣那霸市　K・R　11歲　女生）

☆那是我們家買了新的上下層床鋪時發生的事。半夜醒來時突然看見有個留長髮、穿白衣的人坐在我的腳邊，當場我就覺得很不舒服、身體也浮了起來。（愛媛縣松山市　N・S　10歲　男生）

☆每天晚上睡覺時，只要抬頭看天花板，就會發現自己竟然靈魂出竅了!?（香川縣坂出市　O・T　10歲　女生）

☆聽說有天晚上我明明已經睡了，竟然有另一個我坐在棉被上。但我自己並不記得有這回事。（福岡縣福岡市 K・U 9歲 男生）

☆暑假期間，我和往常一樣睡著午覺，突然耳邊傳來巨響，我嚇一大跳醒了過來。總覺得身體怪怪的，於是出聲叫喚在一旁看電視的媽媽，她卻沒理會我。正當我一頭霧水打算起來喝水時，心血來潮回頭一瞧，竟看見自己正躺在床上睡覺。（神奈川縣川崎市 T・M 25歲 女生）

☆之前買了一本書，裡面介紹了如何讓靈魂出竅的方法，我覺得很有趣於是照著做，沒多久便漸漸失去知覺……至於之後發生了什麼事，就不能告訴你們囉。（佐賀縣佐賀市 U・K 11歲 女生）

☆睡著時覺得很奇怪，怎麼會有兩個我，原來是我靈魂出竅了。（靜岡縣靜岡市 S・Y 11歲 男生）

☆我的朋友M曾經有靈魂出竅的經驗。（東京都立川市 O・M 12歲 女生）

☆晚上睡覺時突然醒來，看見睡在旁邊的弟弟穿著外出服（不是睡衣哦），推開拉門走了出去。我問媽媽弟弟去了哪裡，媽媽卻回答我「他在睡覺啊」，瞬間

在我睡覺時另一個分身就幫我寫作業……
呼嚕
看來靈魂出竅也挺好用呢。
寫 寫

我全身起了雞皮疙瘩。（大阪府泉南市　H．M　11歲　女生）

☆這故事是聽我朋友說的。我朋友和他的朋友一起搭車，遇到一個女人說：「請幫幫忙，我男朋友陷在一台燃燒的車裡！」兩人於是跟著她一起去，順利救出這個男子，同時發現另外還有一人也在車裡，一看原來正是剛剛來求救的那名女子。這應該就是所謂的靈魂出竅吧。（愛知縣豐橋市　A．H　12歲　女生）

☆我有個念二年級的妹妹。一年前的秋天，我看見妹妹穿著睡衣上二樓走進廁所，我從後面叫她，她卻沒回應，繼續往裡面走。於是我跟上二樓，卻看見妹妹正在看書。這種情況之後還陸續發生過好幾次。（秋田縣由利本莊市　T．A　11歲　女生）

☆大概是三個月前吧，因為社團活動結束得較晚，七點多回教室拿衣服時，發現有人坐在我的座位上。我想應該是好友T子，於是開口：「唉唷，是T．K啊，起來啦。」並拍一拍她的肩膀……真的是T子，於是我就跟她一起回家。只是T子看起來怪怪的，好像沒什麼精神，一路上都不說話。我以為她有什麼心事，沒想到她突然開口說：「啊，我忘了拿東西，你等我一下，我馬上回來。」轉身便跑回學校去。我等了又等，卻一直沒等到人，到了八點鐘，我覺得實在太奇怪了，於是打電話給T．K，沒想到她卻說：「我今天沒參加社團活動，三點多就回家了呀。」

……天哪，當時那個坐在我座位上的人究竟是誰啊？（山形縣南陽市　H．S　14歲　女生）

☆某個下雨天，我的朋友在學校裡覺得身體不舒服，我問老師「能不能讓他去保健室」，老師和同學們都說「好，快去保健室！」「現在就去吧。」於是我陪朋友前往保健室，沒想到保健室裡卻出現另一個他，

這也算是靈魂出竅？

嚇了我一大跳，但我朋友似乎沒看到。只見另一個他痛苦地喊著「好……痛……苦啊……」，但我朋友依然沒聽到。後來，那另一個人死掉了。過沒多久，我的朋友也跟著過世了。（滋賀縣近江八幡市　M．M　10歲　女生）

☆我一個人看家時，媽媽的朋友打電話來。因爲媽媽不在，正當我回答媽媽不在家時，卻瞧見媽媽正往二樓走去。我趕緊掛掉電話，邊喊著「媽媽」一邊爬上了二樓，但那裡卻根本沒有任何人。（三重縣度會郡　M．N　10歲　女生）

沛沛的鬼話連篇

啊，是那傢伙。奇怪他應該不會在這裡呀。不過，一定是他沒錯……

……「嗨，早安」「咦「精神不錯嘛」「？？」「欸？」「請問您是哪位」

……啊～唉唷，我認錯人了啦。

搞什麼鬼呀～～～

☆我家附近一個跟我同年級的朋友，竟同時出現兩個身影。（埼玉縣越谷市　H・Y　9歲　女生）

☆我在學校裡看到A同學居然有兩個身影。（滋賀縣彥根市　K・K　11歲　男生）

☆從學校慢慢走回家時，眼前竟出現念三年級時的自己。（東京都昭島市　Y・M　10歲　女生）

☆二至三年級時，我和朋友一起玩，感覺似乎有個六十歲左右的老婆婆從旁邊經過。剛好附近來了一台紅色轎車，我走上前一看，車裡竟坐著剛剛看到的老婆婆，不論長相或服裝都一模一樣。（靜岡縣藤枝市　S・R　10歲　女生）

膚子！
這小子～～!!
是你把我的章魚燒全吃光了吧！我看到了～～～!!
哪有!! 那是另一個我吃掉的。
是靈魂出竅的另一個我幹的好事啦～

☆之前父親過世時，我和Y曾偷偷瞄了一下浴室。父親明明過世了，我們卻看到他在浴室裡洗澡。（神奈川縣 M．A和Y 8歲與7歲 女生）

小龍的休息室 「沛沛」和「小龍」相互較勁！

第4章 沛沛的祕密

最近「沛沛的鬼話連篇」（※①）出現的機率蠻高的，但沛沛到底在想些什麼呢？這傢伙總愛欺負我，前陣子聽說他因為沒辦法去聽「最喜歡的歌手的演唱會」，脾氣非常不好……（※②）。反正很可怕就是了啦。你說你喜歡「沛沛」更勝「小龍」？（待續）

對面就是「沛沛」的座位

※① 《學校怪談》系列中意義不明的專欄！看得懂的人算你厲害。
※② 「沛沛」很喜歡唱歌。只要拿起麥克風就好像變了一個人，這一點千萬要謹記在心哪。

熱心的校長

渡邊節子

山下同學是T大學附屬高中的橄欖球隊隊員。

那一天雖然是星期日，他還是去了學校。全國大賽即將來臨，他想趁著放假日多做點練習。T大附中的各項體育成績都非常傲人。前任的校長十分熱心於體育活動，動不動就提起他以前參加奧運時候的事情。

學校的橄欖球隊尤負盛名，屢屢打進總決賽。因此山下練習時卯足了勁，一直到太陽快下山才結束。他比其他人花更多時間整理東西，等到要離開校門時，四周已經不見其他人影了。

就在他剛踏出校門一步時，突然聽見了一聲「晚安」。

正當他覺得奇怪時，身旁出現了一位男子。他是個一般身高、身材不胖也不瘦的普通中年人，盯著山下同學微笑著。這個人是打哪冒出來的？天色雖然暗了，但山下非常確定剛才四周的確沒半個人呀。而且這位大叔是誰呢？感覺有點面熟，卻想不起來他是誰……

不在乎山下的表情怪異，這位中年人與他並肩走著，一路上還不停地聊天。

「你連放假日也來學校練習呀？」

「因爲全國大賽的日子就快到了。」

「這次的對手似乎很厲害。」

「是啊。」

「爲了維護學校的名譽，你要多努力哦。以前我參加奧運的時候……

……」

這時山下突然想起來了。沒錯，這張臉是校長！半年前突然過世的校長！在他想起來的瞬間，一旁的校長身體突然變得模糊，呼一聲消失了。

驚慌地逃離現場之後發生了什麼事，山下完全不記得了。等他回過神來，已經站在自己家門口的玄關，此時他的心情才慢慢平復下來。

聽說，那位熱心的校長因爲在學校留到很晚才回家，剛踏出校門一步時心臟病突然發作，當場就過世了。

出席畢業典禮的靈魂

松谷美代子

當時我還在東北某個小鎮裡擔任教職。

那件悲慘事件發生在暑假期間。我班上的六年級學生小智因爲掉進海裡，不幸死亡了。

由於他是獨子，父母親的悲慟有多深可想而知。雖然還在放暑假，他們卻已經幫小智將國中的書包、帽子、制服都準備好了。前去弔唁時，我只是在靈堂裡不停地痛哭，連一句安慰的話都說不出口。

第二學期結束，進入第三學期，畢業的日子即將到來。某一天，小智的媽媽來到學校。她雙手貼著膝蓋、深深地彎腰鞠躬說：

「老師，有件事要拜託您。小智活著的時候非常認眞讀書，希望老師能讓他跟所有同學一樣，拿到學校的畢業證書。」

我的眼淚忍不住掉了下來。

「我明白。但我必須先徵詢校長的意見，沒辦法立刻答應妳。不過，我會盡我所能拜託校長的。」

那一天校長因爲出差，不在學校裡。隔天我馬上將小智媽媽的請求告訴了校長。我全力拜託校長，讓小智拿到他的畢業證書，但校長卻冷冷地拒絕：

「人都已經死了，要那張證書做什麼。」

這個答案眞令我訝異。我差點就衝口而出：「不要這麼無情啊！」

但是，稍微冷靜下來之後，我跟校長說：

「既然小智已經過世，給他一張畢業證書也無所謂吧。他在另一個世界一定會很開心的。」

只是校長鐵了心，一旦決定了就絕不再改變。即使我千拜萬託，校長依然不爲所動。

我不死心地繼續央求：

「那麼，至少畢業典禮時讓我放上小智的照片吧。」

校長的臉色雖然難看，但總算勉強答應了。

畢業典禮當天，一位與小智很要好的同學，手上拿著小智的照片坐在位置上。九點左右，就在畢業典禮即將舉行的瞬間發生了這件事。當原本吵吵鬧鬧的同學們重新安靜坐好時，禮堂的護牆板掀了開來，發出啪答啪答的聲響。大家應該都看過，房間牆壁的下方通常會釘上一圈護牆板，而其中一片翻開了，風就從那兒吹了進來。掀開的護牆板剛好就在拿著小智照片的同學旁邊。一位坐在這位同學隔壁的來賓是廟裡的住持，他突然開口說：

「哦，小智，你來啦。」

「因爲沒人邀請，所以你自己來了呀。」

在場的所有人頓時不寒而慄。原來小智的魂魄來到這裡了。

我不經意地看了一眼校長的表情。

一臉慘白。

畢業典禮結束後，我帶著照片前去拜訪小智家，告訴他媽媽今天早上九點左右，在典禮舉行前一刻發生的事情。

「所以，那時候是小智……」

媽媽倒吸了一口氣。

「早上我坐在靈堂，點上蠟燭，將國中制服與書包整齊地放好，心裡想著：『啊，九點鐘，畢業典禮差不多開始了吧。』突然，玄關門嘎

啦一聲打開。我以爲是誰來了，站起來去看看，沒看到任何人，但門卻開了一道大約十公分的縫隙。我朝門外瞧了一下，沒看見半個人影，心裡還納悶著是怎麼回事呢。」

小智媽媽說著說著眼淚又啪答啪答滾了下來。

「原來當時是小智跑去學校參加畢業典禮了。」

我也心酸得不停掉淚。那孩子是多麼想要拿到畢業證書啊。校長，小智雖然過世了，但他的靈魂還在呀。請您體諒體諒他的心情吧。我和小智的媽媽眼淚就像決堤一般，不斷流了下來。

小智……
小智啊……

每到四日就亮燈　宮川廣

二年級之前，我一直都在村裡的分校上學，升上三年級之後才轉到本校念書。

由於學童人數減少，所有學生都統一編到本校上課，而那所分校至今已廢校八年了。

擱置的空教室被拿來充當居民的活動中心，但是三年後新的活動中

心蓋好之後，這些教室就完全棄置不用了。偶爾會有一些老人家來這裡將門窗打開，讓教室通風，只是日子久了，大家也逐漸忘記有這個地方。

杳無人煙的建築物日漸荒蕪，只剩廁所的門迎風啪噠啪噠作響。大家忙著爲生活打拼，哪有氣力去關心這裡。人們陸續遷往鎮上，獨留下這所充滿回憶的老校舍任憑頹壞。

那件事發生在剛進入七月的時候。傍晚開始天空下起雨，是個悶熱的夜晚。蘋果工會的集會很晚才結束，回家路上車子行經分校，突然一陣令人不快的寒氣竄上我的背脊。我抬眼一看，掩著破舊窗簾的教室裡竟透出微弱的亮光。

可能是誰在使用教室吧，我想。但只點著那麼一丁點彷彿古時候小油燈般的虛弱燈火，未免太暗了。廁所的門也許是敞開著，被風撥弄著發出砰砰聲。我下意識大聲按著喇叭，瞬間那一小抹亮光突然熄滅，室內又恢復了黑暗。

我嚇得猛踩油門飛車回家。雖然心裡犯嘀咕，但講出來的話一定會被嘲笑，所以我告訴自己，將這件事忘了吧。

之後過了三個月，奇怪的謠言開始流傳開來……

「你聽說了嗎？每個月只要一到四日，分校裡就會出現燈光哦。」

「有三個年輕人不信邪，跑去分校一探究竟，結果燈光呼地一聲熄滅，卻沒見到任何人出現。」

「廁所的門啪噠啪噠響，從裡面傳出：『明天……』的慘叫聲……」

「都什麼時代了，哪有這種事。」還是有人不相信這個謠言。話說回來，蘋果工會的集會時間就在四日。

我沒有告訴任何人我也親眼目睹過。光是回想那情景，就嚇得我全身毛骨悚然，驚恐不已。

「學校就讓它這樣荒廢下去，實在很可惜。不如讓其他人來使用吧。一些住在鎮上的居民或許也想體驗看看住在山裡的感覺，就讓他們來住這裡吧。」

「租金便宜的話，應該有人願意搬進去住。」

於是便委託公所，請他們找找看，有沒有人願意租下分校。

只是隨著謠言越擴越大，根本沒有人願意承租。不過有些老人家偶爾會來這裡開窗、讓房子透透氣，或者打掃環境、喝茶聊天，那些奇怪的謠言也就慢慢平息了。

冬季過去，當時序剛踏入四月時，我們決定在睽違十年之後舉辦分校時期的同學會。屆時大家聚集在鄰村的溫泉旅館住宿一晚，彼此敘舊話當年。以前辦同學會多半是借用分校的教室，大家各自帶自己做的料理來參加。日子一久，同學會也變得愈來愈隆重了。

當時二年級班上一共有二十八人，這次會有多少人來，同學會的負責人心裡其實挺擔心的。幸好已經遷往鎮上的人預計有八人出席，還住在村裡的則有九人會參加，出席率算是相當高。

五十三歲的中年人們各個抱持著二年級學生般的心情前來參加同學會。

幾杯黃湯下肚之後，大家的話匣子紛紛打開了。

「小松伸夫老師如果還健在就好了，眞想見見這位老師啊。」

不知道是誰開口說了這樣的話。

「他的確是一位好老師。」

大家聽了無不唏噓。

小松老師擔任導師的期間，只有從二年級時的四月起短短三個月的時間。一九四四年七月，他被徵召入伍，後來便戰死在沙場上了。

「眞希望這個分校能一直存在，等大家變成了父母親、有了小孩，讓後代也能繼續在這個學校念書啊。」

勇介站起來模仿小松老師的語調說話。

「好像，真是太像了，他確實經常講這樣的話呢。」

大家拍著手，一邊擦拭眼角的淚水。

小松老師以前常會講故事逗我們開心。

「我也可以講〈愛放屁的新娘〉這個故事給大家聽哦。」

和也站起來，推開入口的大門走了出去。以前小松老師上課到一個段落，或是要講故事時，並不會當場直接說了起來。他會先出去、走到走廊上，推門進來，以一個說故事人的身分重新出現在大家面前。所有同學也都拼命拍手，迎接他的登場。

和也學著小松老師走進來了。屋子裡十六個五十三歲的中年人頓時像個二年級學生般熱烈鼓掌。

「很久很久以前……我這個人也曾經不好意思說自己很想放屁呢。……只好讓馬兒背黑鍋，新娘子於是拉扯馬兒的尾巴，讓牠發出噗噗——的聲音。」

這是我們每天硬拗老師講的故事。和也連小松老師的表情都模仿得唯妙唯肖，一邊接著將故事說完。

這次換光子站起來模仿。

「好啦，明天要背九九乘法表『3』的部分。另外還要畫圖。」

小松老師會特別強調「明天」這個字。

「老師隨時都有可能被徵召入伍，能和大家約好明天要一起做什麼，是最讓人開心的事了。」

光子講著講著有點哽咽了。

「回想起來，當時老師要離開之前，還諄諄囑咐我們『要好好珍惜明天，平安長大成人』呢。」文枝說。

「『明天』是吧。」

我想起那個在分校聽見的聲音。

「小松老師是什麼時候入伍的？」我開口問。

「七月四日，那一天還飄著毛毛雨呢。」文枝非常肯定地回答我。

「各位，出現在分校裡的鬼就是小松老師。」我說。

「今天是什麼日子？好像是四月四日？」

「那麼，我們去見見小松老師吧？就算他是鬼魂或是幽靈也沒關係。」

我們借了旅館的車，由沒喝酒的文枝駕駛，大家全都上了車。開車到分校還不用十五分鐘。

我們在離分校稍微有點距離的地方下車，去老人會會長家借了分校的鑰匙。

天際一片漆黑，完全看不見月亮。我們躡手躡腳地走向分校。

「到了。」

「噓──。」

教室裡果然朦朧地透著燈光。大家的身體不自覺地相互靠攏、擠成一團，屏住氣息。感覺教室裡有人走動。窗戶是關著的，但泛黃的窗簾卻搖擺著。

我們就這樣擠成一坨，慢慢往窗戶底下靠近。

「明天……」

「明天……」

耳中隱約能聽見這樣的聲音。

「小松老師。」

大家異口同聲地叫喚。

瞬間，燈光倏地熄滅了。

「老師，我們回來看您了。」

勇介一馬當先、開鎖進入了教室。教室裡空無一人。

大家各自坐在小小的椅子上，雙手合十默禱。

「當時老師是幾歲呀？」

「那時候他學校剛畢業，大概是二十一或二二歲吧。和我兒子差不多。」

勇介拭了拭眼角。我們後來又回到了旅館，卻是輾轉難眠。天亮後大家去鄰村老師的墳前祭拜，然後各自回家。

之後沒多久，分校就順利租給東京的繪畫老師，校舍頓時熱鬧了起

來。這個房客據說是那一天參加同學會的文枝介紹來的。

聽我們說這裡每到四日就會亮起燈光、還會傳來小松老師的聲音，這位繪畫老師竟然說，很開心能和這麼好的老師住在一起呢。

繪畫老師也曾經歷過父母親不幸在東京空襲時過世的痛苦經驗。

如今，分校的窗戶每晚都能見到燈光，孩子們也會來這裡上課，學習畫圖。

倒是繪畫老師有點失望地表示，小松老師連一次都不曾出現過呢。

解說　老師的鬼故事

米屋陽一

學校是個相當奇妙的地方。從日出到日落之間，老師與孩子們，以及工友、護理老師、料理營養午餐的阿姨們讓白天的校園熱鬧極了。但隨著天色漸晚，校園裡的人氣逐漸消失，等到夜幕降臨，學校裡就幾乎看不到任何人影。這時候，白天隱身在某個角落的鬼魂、幽靈，以及形形色色的妖怪也開始蠢蠢欲動。因此，光是想像夜間學校裡的情景，就令人不由得起雞皮疙瘩了。

以前的學校曾經有值夜班的制度。夏目漱石在《少爺》書中也曾提過，所謂值夜班就是由老師們輪流住校，負責校園的巡邏警戒的工作。現在值班已經由每天改爲每周輪流一次，老師們也不需要住校了。曾經值過夜班的老師們都說，那眞是相當恐怖的經驗，甚至也流傳過一些對恐怖事物特別好奇的人所經歷的「英勇事蹟」。三更半夜發生在學校裡的恐怖經驗，或是從前流傳下來的靈異故事，一直是嚇唬同事，尤其是第一次值夜班的年輕老師們的絕佳題材。聽過這些鬼故事的年輕老師們於是又在課堂上講給小朋友們聽，學校怪談就這樣流傳開來。小朋友們的功力可不輸大人。他們會把從家裡或住家附近、朋友們口中聽來的恐怖故事或可怕經歷，帶到學校去說給大家聽。即使聽的時候心驚膽跳、冷汗直流，老師與學生們對於鬼故事依然樂此不疲。

我曾經在國中與高中任教，以下所講的是我的親身經驗。

我的學生U君在高二暑假的某個早晨，跟幾個摩托車車友一起出遊。幾個人排成一長列在路上奔馳，U君是車陣當中的第二人。大家的車速越來越快。沿著河岸的馬路前方出現一個大彎道，一輛高速行駛的卡車突然迎面衝了出來。車隊最前方的駕駛發現後立即猛壓剎車，緊接在後的U君也趕忙煞車，只是當時路上有個磨損的人孔蓋，加上雨天道路濕滑，U君的摩托車當場打滑飛了出去，瞬間撞上卡車，U君整個人被拋到十幾公尺外的草叢裡。「肚子好痛——」這是U君臨死前說的最後一句話。雖然救護車很快就將他送抵醫院，但是他的內臟已經破裂，幾乎可以說是當場死亡。當天晚上，我和幾個從旅程中回來的學生一起趕赴現場，聽取事故發生的詳細過程。這時候，我好像看見壓著肚子的U君，朦朦朧朧出現在黑漆漆的草叢中。如果他還活著，現在應該快三十歲了。我一直無法忘記那個充滿朝氣的U君。這位已經往生的學生，永遠都會以高二的模樣活在我的心中。

某一天，我在教室裡提到了這件往事。從此以後，學生們都會趁休息時間或放學後來找我，告訴我他們自己的恐怖經驗或鬼故事。

某個飆車族在飆車時遇上車禍，整個頭顱掉落而死亡。其他飆車族成員於是趁著夜晚齊聚在他的墳前追悼。這時候，黑暗中突然傳來摩托車的啓動聲，向他們靠近之後停了下來。摩托車上坐著的正是那位出車禍死亡的飆車族。沒有了頭顱的死者向大家一鞠躬致敬後，便騎著摩托車離去了。

短短的休息時間裡，同學們接力似地一件接一件說著恐怖鬼故事，現場簡直就像一場聊齋大會。校園裡流傳的鬼故事、老師們與孩子們口耳相傳的怪談，學校根本就是個鬼故事交換中心，而老師與同學就成了學校怪談的傳播者。

當天氣熱得讓人不想繼續上課，或是下雨天沒辦法出去玩的時候，我總是會想講個鬼故事來轉移孩子們的注意力。但如果只有我自己一個人講個不停，孩子們卻一臉煩躁沒興趣聽，故事就講不下去了。就算勉強講下去，說者或聽者也都提不起勁兒了。這種情況下，重點是想辦法引起聽者的興趣，讓他們把注意力集中在說者身上。也就是說，必須同時爲說者與聽者營造出現場氣氛。我這個人雖然不是很擅長說故事，但只要聽者能夠一起融入，就會越講越起勁。只要說故事的老師講得過癮，學生們說不定還能聽老師多講幾個鬼故事呢。

各位應該多少經歷過一些奇妙或恐怖的經驗吧？不妨將這些故事分享給老師或親朋好友。當然囉，別忘了也要說給我們聽聽唷。

（一九九三年十月）

藍小說301

學校怪談① 來見老師的幽靈

編　　者－日本民間故事會　學校怪談編輯委員會
繪　　圖－前嶋昭人
譯　　者－陳怡君
副總編輯－葉美瑤
編　　輯－黃嫰羽
美術設計－周家瑤
責任企劃－黃千芳
校　　對－李玫、陳怡君
董 事 長
發 行 人－孫思照
總 經 理－莫昭平
總 編 輯－林馨琴
出 版 者－時報文化出版企業股份有限公司
10803 台北市和平西路三段二四〇號三樓
發行專線－（02）2306-6842
讀者服務專線－0800-231-705　（02）2304-7103
讀者服務傳眞－（02）2304-6858
郵撥－19344724 時報出版公司
信箱－台北郵政 79-99 信箱
時報閱讀網－http：//www.readingtimes.com.tw
電子郵件信箱－liter@ readingtimes.com.tw
法律顧問－理律法律事務所　陳長文律師、李念祖律師
印　　刷－盈昌印刷有限公司
初版一刷－二〇〇九年八月十七日
定　　價－新台幣一二〇元

行政院新聞局局版北市業字第八〇號

ISBN 978-957-13-5058-5
Printed in Taiwan

國家圖書館出版品預行編目資料

學校怪談.1, 來見老師的幽靈／日本民間故事會 學校怪談編輯委員會編著；前嶋昭人繪圖；陳怡君譯. -- 初版. -- 臺北市：時報文化, 2009.08

面； 公分. --（藍小說；301 學校怪談；1）

ISBN 978-957-13-5058-5（平裝）

861.59 98010299